Слава Бродский

Исторические анекдоты

Пособие по истории советской России

Manhattan Academia

Слава Бродский
Исторические анекдоты
Manhattan Academia, 2007 – 156 с.
www.manhattanacademia.com
mail@manhattanacademia.com
ISBN: 978-0-6151-8503-3

Исторические анекдоты автора вместе с его собственными комментариями и предисловием-эссе о десяти мифах советской России.

Моим друзьям,
старым и новым

Содержание

Предисловие автора

Эти анекдоты написаны мною в помощь тем, кто изучает историю советской, или (что почти то же самое) большевицкой, России. С одной стороны, я всегда считал, что эту историю должен знать каждый. Не только для того, чтобы советская власть (а я считаю ее самым разбойничьим правлением всех времен и народов) не могла больше нигде и ни под каким видом возродиться. А также для того, чтобы была поколеблена нерушимая вера значительной части людей нашей планеты в социалистические идеи всяких сортов с их единственным существенным общим признаком – принудительным перераспределением ценностей. С другой стороны, мне кажется, что изучение советской истории – занятие очень скучное и утомительное. Поэтому-то у меня и возникла мысль как-то облегчить мучения изучающих. Результатом чего и явились мои анекдоты.

На самом деле, когда я говорю о советской власти и большевиках, я имею в виду весь период новой российской истории, начиная с семнадцатого года прошлого столетия по настоящее время. Многие считают, что ни советской власти, ни большевиков сейчас уже нет. Но я бы с этим не согласился. И я вернусь к обсуждению этого момента далее в моем предисловии.

Изучение истории большевизма – дело совсем не простое. С раннего моего детства я начал удивляться тем сильным отличиям, которые всегда существовали между тем, что реально происходило в советской России, и тем, что об этом говорили все вокруг. Мое удивление только возросло, когда я стал пользоваться несоветскими источниками информации (я имею в виду западное радиовещание). Конечно, западная информация сильно отличалась от большевицкой пропаганды. И, прежде всего, отсутствием явной намеренной лжи. Однако назвать ее правдивой тоже было нельзя. Все сведения западников были отрывочными. Узнавая что-то об одной стороне советской действительности, они понятия не имели о многочисленных окружающих деталях. Поэтому им не оставалось ничего другого, как все эти детали додумывать. Они додумывали детали нормальным, естественным образом и даже не осознавали, что они это делают. Поэтому получалось так, что они все время приукрашали советскую действительность. Это явно или неявно присутствовало практически во всех их передачах.

Когда я покинул пределы России, я подумал, что вот наконец-то я разберусь что к чему. Я докопаюсь, почему люди, у которых мозги не забиты большевицкой пропагандой, не могут понять самых простых вещей о России. Тут мое удивление возросло до размеров необычайных. Самое верное представление о России оказалось у тех, кто не знал о России ничего или почти ничего. У тех, кто плохо себе представлял, где эта Россия находится. У таких людей, по крайней мере, не было никаких иллюзий. Все прочие жили во власти различных мифов о советской России.

Когда я бросился жаловаться на это обстоятельство соотечественникам, которых я считал своими единомышленниками, то вот тут-то мое удивление достигло наивысшей точки. Они напрочь забыли все то, что знали (или, по крайней мере, должны были знать) о России. Все, что осталось у них в головах – это расхожие мифы о стране Советов.

Надо сказать, что истории советской России всегда сопутствовали многочисленные мифы. Во многом это было результатом совместного творчества Кремля и Лубянки. В этом Советы преуспели в значительной степени. Цинизм их пропаганды достиг такого высокого уровня, который, надо думать, более никогда и нигде превзойден не будет.

Мифы о Советах разошлись по всему миру. Рядовым современным человеком эти мифы не осознавались как таковые. А любой неосознанный миф сам по себе уже создает анекдотическую ситуацию. И мои анекдоты в какой-то мере имеют отношение к этим мифам. Вот поэтому в моем предисловии мне хотелось бы эти мифы как-то отчетливо обозначить. Я рискую, конечно, что мне предъявят обвинение в том, что я, дескать, пытаюсь объяснять анекдоты. А это всегда считалось как бы дурным тоном. Но в данном случае у меня положение безвыходное. Я определенно хочу, чтобы мои анекдоты были поняты не только моими друзьями. А когда я как-то попробовал прочитать их в более широкой аудитории, то увидел пару таких, знаете, совершенно растерянных лиц. И мне даже как-то не по себе от этого стало.

Итак, о советских мифах. Я насчитал десять мифов, связанных с историей советской России, которые мне представляются наиболее существенными. Я приведу их не в порядке значимости, а, так сказать, в хронологическом порядке. Ну и, конечно, выскажу о них свое мнение.

Миф первый. Социалистические идеи русских революционеров в начале двадцатого века сами по себе были хорошими, однако их претворение в жизнь по тем или иным причинам было осуществлено неправильно.

Я думаю, что это является самым большим мифом, когда-либо созданным человечеством. Начнем с того, что идеи русских революционеров были не лучше и не хуже тех идей, которые уже до них выработали социалисты всех мастей. Идеи эти были очень наивными, если говорить на языке людей, симпатизирующих социализму, и просто глупыми, если говорить на обычном языке. Один считал, что надо построить общество, где все будет по-новому, и предлагал с самого начала уничтожить все старое. Другой нес откровенную ахинею о равенстве. Третий мечтал о том, чтобы всех жен сделать общими. Четвертый по-простому делился с окружающими своими соображениями о том, что было бы неплохо сделать всех людей счастливыми. А пятый (кстати, большевицкий предводитель) считал очень важным уничтожить деньги где-то очень вскоре после захвата власти. Вот с таким интеллектуальным багажом и был произведен в России большевицкий переворот.

Будущие властители России были в основном заняты заботами о приобретении денег и о том, как захватить (а потом и удержать) власть. Не удивительно, что после этого Россию ожидал немедленный экономический крах. И, как следствие, немедленный жесточайший террор – единственный способ заставить обманутых людей подчиниться власти.

Большевики не могли сказать, что им не дали внедрить свои идеи. Практически все главные организаторы большевицкого переворота оказались в России у власти. В течение всего нескольких лет, внедряя свои идеи так, как они их понимали, они привели страну к полной экономической катастрофе.

Миф второй. Большевицкие лидеры были большими злодеями, но они были очень умны и хитры. Вся структура коммунистического режима была дьявольски хитро и надежно построена.

Что можно сказать по этому поводу? Неужели это можно считать умом, когда предводитель бунта, видя полную несостоятельность своих идей, начинает истерически требовать вешать всех, кто не согласен с новым режимом? Кто может видеть много ума в том цинизме, с которым руководители большевиков расправлялись с русским народом?

Теперь относительно той борьбы, которую большевики вели между собой. Если несколько глупцов сойдутся в смертельной схватке, то кто-то из них должен будет победить. Победитель не обязательно должен обладать крепким умом. Нельзя даже сказать, что он умнее всех тех, с кем он боролся. В самом деле, когда на большой дороге встречаются разбойник и случайный прохожий, разве побеждает тот, кто умнее?

Один уважаемый мною историк в своей книге об одном из главных большевицких лидеров стал сравнивать его действия с действиями гениального шахматиста, производящего свои расчеты на много ходов вперед. Этих он якобы расстрелял сразу же, других – несколько погодя, а третьих, хотя и мог убрать тут же, оставил напоследок. Почему историк сравнивал этого большевика с гениальным шахматистом, не ясно. До сих пор таких людей сравнивали с им подобными. То есть с преступниками. И называли преступниками.

Что можно сказать о большевицких органах подавления? Ничего такого интеллектуального. Сплошные зверства. Внутренняя разведка просто не работала. Все аресты производились по прямым доносам. Если человека предупреждали об аресте, он мог уехать в другое место и чувствовать себя в относительной безопасности (до следующего доноса).

Следствия, как такового, тоже не существовало. Оно подменялось избиениями и пытками. После чего все приговоры были основаны на ложных, полученных под пытками признаниях.

Коммунистический режим оказался очень живучим и заразным не по причине притягательности его идей и не по причине гениальности его лидеров, а в силу его крайней жестокости и бесчеловечности.

Миф третий. Первого сентября 1939 года Гитлеровская Германия развязала вторую мировую войну. Двадцать второго июня 1941 года она внезапно напала на Советский Союз, который к войне подготовлен не был. Этим объясняются все военные поражения России в этой войне.

Первого сентября 1939 года, когда Германия напала на Польшу, вряд ли все вдруг осознали, что это было началом второй мировой войны. Через шестнадцать дней, в то время, как поляки отчаянно сопротивлялись немцам, русские ударили сзади. Это событие с гораздо большим основанием можно было бы считать началом второй мировой войны. Но русская пропагандистская машина со всей своей силой навалилась на версию первого сентября, породив таким образом еще один миф.

А теперь относительно германского нападения на Россию. Никакой внезапности нападения не было. Массивные приготовления с обеих сторон весной и летом 1941 года к наступательным операциям невозможно было скрыть. Россия в этом отношении вела себя довольно беспечно. Никакой конспирации – вся страна распевала воинственные песни о «яростном походе» и только ждала приказа. Развязка могла наступить каждый день. Вопрос заключался только в том, кто ударит первым. Каждая сторона рассчитывала напасть первой и об обороне не думала. Тем не менее, до сих пор еще многие продолжают удивляться тому, что Германия напала на Россию в сорок первом году. Эти действия Германии многими объявлялись безумными. Однако если бы первыми ударили русские, война закончилась бы для немцев, как сейчас думают многие, очень быстро. У Германии, в сущности, не было выбора, начинать или не начинать войну с русскими. А был только единственный шанс постараться ударить первыми и надеяться на чудо.

Ударить первыми немцам удалось. Но чуда не произошло. Было только получудо: немецкие успехи в начале сражения. Успехи эти разными людьми объясняются по-разному. Одни говорят, что Россия готовилась только к нападению, но не к обороне. И русских учили только, как немцев бить, когда немец убегает, а русский догоняет.

Другие говорят (и я так и не понял, серьезно или шутя), что оборона у русских не получалась, потому что немцев было мало. А поскольку их было мало, то они все время норовили сбежаться со всех фронтов в одно место. Тогда их получалось больше, чем русских. Тут-то они и одерживали свои блестящие победы. А потом они удирали и собирались в другом месте. И там делали то же самое. Ничего с этим поделать было нельзя. Поэтому русские дождались такого момента, когда на любом фронте их было больше, чем всех немцев, вместе взятых. Вот тут-то немцам и пришел конец.

На самом деле все гораздо проще. Выигрывает тот, кто сильнее. (Я имею в виду, что слово «сильнее» относят к тем, кто побеждает.) Если русские проиграли в первой фазе войны, значит, они были слабее в военном отношении, несмотря на то что они превосходили немцев по численности войск и по качеству и количеству военной техники. Первые победы немцев еще раз показали, что военная сила определяется не только численностью войск и военной техникой, но также и умением воевать.

Миф четвертый. Красная армия победоносно закончила войну с Германией благодаря, в основном, героизму советских воинов.

Не сомневаюсь, что были случаи, в которых отличились геройством отдельные советские солдаты. Точно так же, как и не сомневаюсь я в том, что были случаи, в которых отличились геройством германские солдаты. Что же касается действий Красной армии в целом, то героизмом их назвать никак нельзя. И вот по каким причинам.

Первое, о чем надо сказать, это трудно объясняемые поражения и колоссальные людские потери. Советским войскам, несмотря на значительное военное превосходство во всем, понадобилось три года, чтобы только заставить немцев отойти с советской территории.

Далее, действия воинов Красной армии совершались под страхом быть расстрелянными за действительные или мнимые личные преступления. Действовала формула, придуманная еще в период гражданской войны основателями советской власти: либо возможная пуля от врага и вечная память, либо верная пуля от своих и бесславный конец. Во второй мировой войне к этому еще был добавлен страх советских воинов за свои семьи.

Не очень-то соответствуют общему понятию о героизме штрафные подразделения, которые посылались на верную смерть. Заградительные отряды гэбэшников, которые строчили пулеметными очередями в спины своих солдат, тоже мало вяжутся с понятием героизма.

Есть еще один неприятный момент. Советские войска разбойничали и занимались грабежом на оккупированных территориях. Часто использовавшийся большевицкой пропагандой образ советского солдата со спасенной немецкой девочкой на руках трудно себе представить в реальности. Если даже какой-то русский солдат и спас какую-то немецкую девочку, то сделал он это совсем не в том плане, который навязывался авторами этого образа. Если и надо было спасать девочку, то только от других советских солдат, которые, как хорошо известно, изнасиловали почти всё женское население оккупированной ими части Германии, практически не принимая во внимание возраст своих жертв.

А теперь о причинах поражения Германии. Слышали ли вы когда-нибудь о парадоксе худых и толстых? Десять худых сражаются со ста толстыми. Каждый день худые теряют убитыми двух человек, а толстые теряют десятерых. Вопрос: успешно ли сражаются худые?

Вряд ли кто скажет, что худые сражаются плохо. Сражаясь против превосходящих сил противника, они каждый день совершают чудо, убивая в пять раз больше его солдат, чем теряют сами. Однако к концу пятого дня история заканчивается трагически для них. В то время как у толстых остается половина их солдат, у худых не остается ни одного воина.

Нечто подобное произошло и в войне русских с немцами. Русские несли несравненно бо́льшие потери. Однако их численное превосходство в конце концов дало о себе знать. И, поддерживаемые усилиями союзников, они победили.

Миф пятый. Советский Союз освободил восточно-европейские страны от германского нашествия и спас человечество от фашистской чумы.

Как можно относиться к этому высказыванию? Трудно сравнивать два бесчеловечных режима – большевицкий и фашистский. Но очень часто конкретным людям приходилось делать выбор именно между этими режимами в различных жизненных обстоятельствах. Кто-то делал выбор в пользу коммунистов. А кто-то – в пользу фашистов. Фашистский режим был во многом антикоммунистический. И многие рассматривали оккупацию Германией, как освобождение от коммунистов. Многие верили, что фашисты спасут человечество от коммунистической заразы.

Никто не спрашивал у жителей стран восточной Европы, хотят ли они освобождения большевиками? Но большевики «освободили» их, и «спасенные» народы погрузились на долгие десятилетия во мрак большевицкого беспредела.

Мне довелось беседовать с одним белорусским пчеловодом летом восемьдесят второго года. На вопрос «Как при немцах жилось?» он отвечал после небольшого колебания: «А что – при немцах? При немцах порядок был». Этот порядок закончился, когда русские «освободили» Белоруссию.

Моему белорусскому пчеловоду, как я думаю, не надо было опасаться за свою жизнь. Поэтому для него хозяйственный порядок значил больше, чем все остальное. По этой причине, наверное, в некоторых западных областях России немцев встречали хлебом-солью.

Во время противоборства России с Германией во второй мировой войне был зафиксирован факт небывалого массового перехода войск на сторону противника. Многие русские таким образом выбрали из двух зол меньшее, потому что они ожидали, что фашисты смогут противостоять коммунистической агрессии.

Многие полагают, что фашисты имели преступные идеи и пытались их реализовать, а советские лидеры руководствовались разумными идеями и имели благородные цели, но иногда поступали преступно. Здесь все поставлено с ног на голову. И фашистские, и советские лидеры имели преступные намерения. Однако фашисты в общем и целом верили в свои идеи. И потому их не скрывали. Большевики же прекрасно сознавали преступность своих намерений. Они не только скрывали их, но представляли всем свои намерения в абсолютно противоположном смысле. Например, захватывая соседние страны одна за другой, твердили о миролюбии.

Об истинных намерениях большевиков можно судить по итогам второй мировой войны. Видно, неспроста название их страны не содержало в себе ни национальных, ни географических ограничений. Большевики присоединили к себе территории, принадлежавшие ранее Финляндии, Японии, Германии, Румынии и Польше. Захватили Латвию, Эстонию, Литву, Тувинскую народную республику. Подчинили себе Югославию, Венгрию, восточную часть Германии, Румынию, Албанию, Польшу, Чехословакию и Болгарию. И это все вдобавок к захваченным ранее территориям и порабощенным народам европейского и азиатского континентов.

Миф шестой. Суд над главными военными преступниками на Нюрнбергском процессе поставил последнюю точку в оценке событий второй мировой войны.

На самом деле суда над главными военными преступниками не было. Под судом были только немцы. Трудно сказать, насколько справедлив был этот суд, хотя бы потому что трудно сказать, на основании чего этот суд вершился. В результате на виселицу пошли и действительные военные преступники, и те, кто с точки зрения современной морали преступниками не являлись или, по крайней мере, не заслуживали смертной казни. Например, Йодль был в 1953 году посмертно оправдан при пересмотре дела мюнхенским судом.

Отчаянные попытки немцев в Трибунале сказать «вы делали то же самое» разбивались об объединенные усилия русских и их союзников. Союзники, заключив позорный союз с коммунистами, по-видимому, считали, что они обязаны играть свою партию до конца. Никто из большевиков, которые «делали то же самое», даже не был привлечен к суду.

Говорят, что в каких-то странах считается преступлением сомневаться в справедливости выводов Нюрнбергского трибунала. Значит, мне туда ездить нельзя.

Миф седьмой. Советская Россия в середине двадцатого века, присоединив к себе соседние страны, превратилась в мощную, экономически развитую державу.

Что же было развито в советской России?

Страна в прошлом была аграрной. Поэтому было бы естественно ожидать развитого сельского хозяйства. Однако мы все знаем о сельском хозяйстве в советской России. Вряд ли в какой другой стране оно было на таком низком уровне. Весь работящий народ в деревнях и на хуторах был поголовно большевиками истреблен. Была оставлена только одна пьянь. Те здоровые силы, которые чудом уцелели и противились коммунистической селекции, страшно подавлялись даже в относительно спокойные годы.

Может быть, в России была развита промышленность? Ну, шлакоблоки умели делать. А если что посложнее – так нет. Особенно то, про что можно было сказать, работает оно или не работает. Потому что оно, как правило, не работало. Результаты научных изысканий в массе своей никому не были нужны, потому что вся советская наука работала в основном по заданиям полуграмотных большевиков. В целом развитие промышленности определялось результатами промышленного шпионажа. Что подавляло развитие отечественных отраслей производства. Например, в вычислительной технике первые успехи были подавлены ворованной зарубежной технологией и пиратским программным обеспечением.

Во многом мифу о могуществе советской державы содействовали успехи России в военных областях. Успехи эти были возможны опять же на базе ворованной технологии и потому, что практически все средства и резервы бросались на войну. Никакая другая страна не могла бы себе позволить этого. А советские правители запускали ракеты в Космос и держали свой народ на снегу с голыми задницами.

Сильное отставание в невоенных отраслях было засекречено. Я не знаю точных цифр, но думаю, что весомая часть всего населения советской России была «засекречена», то есть имела допуск к секретным сведениям. Это создавало иллюзию, что России есть что скрывать.

Я не хочу сказать, что в России вообще не было никаких секретов. Кое-какие секреты были. Например, одним из самых серьезных секретов был секрет о том, что у России нет технологических секретов. Относительно невоенных областей – об этом догадывался каждый. Здесь был полный провал. Вся страна работала на войну. Но даже и в военных областях технологических секретов практически не было.

Большим секретом были сведения о том, что именно было уворовано у Запада. Поэтому так часто можно было видеть штамп «секретно» на копиях технологических материалов зарубежных фирм. Еще одним из примеров секретов нетехнологического характера являлся секрет о факте разработки химического и бактериологического оружия и химических средств для борьбы с инакомыслящими.

Большущим секретом был тот факт, что большевики были не в состоянии увеличить расходы на военные нужды. Все, что было в наличии, уже отправлялось туда. Большевики были против «гонки вооружения». Это было единственным, в чем они были искренни. Но они были против «гонки вооружения» не потому, что заботились о благе человечества, а потому, что не могли уже больше увеличить ассигнования на войну. По счастью, нашелся в конце концов американский президент, который факт этот осознал. Американская военная промышленность прибавила чуток, и великая российская держава взорвалась изнутри.

К слову сказать, говорят, что президент этот имел один из самых низких коэффициентов интеллектуальности (IQ) за всю историю президентства в Америке. Оно хоть и не к месту, но не могу удержаться, чтобы не заметить, что если подумать хоть чуть-чуть, можно догадаться, что приведенный факт очень сильно подрывает доверие ко всей этой процедуре с коэффициентом интеллектуальности. И я бы ожидал, что после такого позорного, так сказать, тестирования этого самого коэффициента математиков и прочий народ, который его создал, отправят на медицинское освидетельствование. Но не тут-то было. И математиков не тронули, и коэффициентом этим продолжают народ третировать.

Миф восьмой. Несмотря на все недостатки советского режима, при социализме человек чувствует себя социально защищенным. Ему обеспечены бесплатное обучение и бесплатное медицинское обслуживание, гарантированы заработок и пенсионное обеспечение.

Так называемые бесплатное обучение и бесплатное медицинское обслуживание не являются на самом деле бесплатными. За обучение и медицинское обслуживание, во-первых, платит каждый (в виде налога с заработка), а во-вторых, не в зависимости от того, какое обучение и какая медицина ему нужна, а в зависимости от величины его заработка. Кому-то это нравится, кому-то не нравится. Не нравится это многим из тех, у кого заработок высок и кому приходится таким образом как бы платить за других. Но настоящая беда заключается не в этом. Доктрина бесплатного обучения и бесплатного медицинского обслуживания имеет огромный подводный камень: отсутствие обратной связи. Если вам не нравится, как вас лечат, вы не можете взять свои деньги и пойти к другому врачу. Этим нарушаются естественные рыночные отношения. Что, по логике, должно привести к полному упадку и медицины, и образования. Это мы и наблюдаем в реальной действительности в советской России.

Нечто похожее можно сказать и о гарантированной работе. В том смысле, что проблема заключается не в самом факте, что работа гарантируется даже тем, чьи услуги никому не нужны. Беда заключается в том, что при гарантированном заработке для основной массы населения перестает существовать стимул для работы. И основная масса населения в построенном русскими большевиками социализме перестала работать.

Теперь относительно гарантированного пенсионного обеспечения и того, насколько человек может чувствовать себя защищенным с этой стороны. Пенсионное обеспечение – это обещание платить деньги. Какова цена этого обещания? Разные люди ответят по-разному на этот вопрос. Тот, кто знаком с финансовыми вычислениями, скажет, что всестороннее рассмотрение этого вопроса связано не столько с размером назначенной пенсионной выплаты, сколько с рядом других факторов. Из них наибольший вес имеет кредитный рейтинг того, кто дает гарантии выплачивать пенсию. Выплачивать пенсию обещало советское государство. При низкой экономической базе Советов их кредитный рейтинг был низок. Что могло с немалой вероятностью привести к его банкротству и, следовательно, к отказу от обязательств. Это и произошло на самом деле в России в конце прошлого и начале нынешнего веков. Те же, кто считали себя преемниками большевиков, поступили по-большевицки: они присвоили себе достояние государства и отказались от выплаты долгов.

Миф девятый. В России в начале девяностых годов двадцатого века народ сломил сопротивление большевиков, демократические силы победили. С распадом Советского Союза закончилась холодная война.

Простой народ в основной своей массе вообще никакого участия в переворотах девяностых годов не принимал. Народ, который долгие десятилетия жил под сильнейшим давлением большевицкой пропаганды, мыслил в массе своей по-большевицки. Поэтому смешно подумать, что он стал бы бороться против большевизма.

Интеллигенция тоже жила долгие годы под тем же давлением большевицкой пропаганды и тоже в основной своей массе думала по-большевицки.

Это правда, что всякий народ ропщет по поводу любого правления. Русский народ не является исключением. Но от пьяных и полупьяных разговоров до участия в перевороте – огромное расстояние.

Конечно, последователи большевиков уже давно называют себя по-другому. С семнадцатого года прошлого столетия большевики и их последователи многое измененили и в экономике, и в политике, и в тактике. Особенно в последние двадцать лет. Например, они перестали уже захватывать мосты и стали концентрироваться больше на избирательных участках. Но основным большевицким принципам они остаются верны до сих пор. Особенно главному из них: подчинению судебной системы верховной власти.

Последователи большевиков никогда не скрывали своих симпатий. В этом нас убеждают и самые недавние события. В благодарность и добрую память о прошедших годах, вернулись они к старому большевицкому гимну, который сочинен был в самое кровавое время. Союзные республики разбежались, поэтому пришлось довольно сильно изменить слова гимна. А с музыкой все проще оказалось: наполовину она следует версии 77-го года издания. А на другую половину – гимну 44-го года. Так и продолжает звучать, уже в двадцать первом веке, кровавый большевицкий гимн. Так что пока большевицкий гимн живет в России, я думаю, нельзя сказать, что большевиков больше не существует и демократия в России восторжествовала.

Теперь о холодной войне. После распада Советского Союза напряжение в противостоянии государств с разными общественными устройствами ослабло. Ослабло оно, правда, не вследствие распада Советского Союза, а вследствие тех же причин, из-за которых он распался. Прежде всего – экономических. Однако экономические причины здесь важны не сами по себе. Просто в момент распада Советского Союза в его экономическую немощь наконец-то поверило много народу. Это повлекло за собой трезвую оценку и переоценку результатов военных операций, в которых Советы участвовали. Что также способствовало ослаблению напряженности.

Однако ослабление напряженности не означает конец холодной войны. Не надо быть мощной державой, чтобы представлять собой угрозу человечеству. Террористические акты, заказные убийства, компьютерный бандитизм – это арсенал средств, который может быть на вооружении даже слабой в экономическом и военном отношении страны.

Миф десятый. Россия – страна загадочная.

Этот последний в моем списке миф возник вследствие всех остальных мифов. Если в мире господствуют мифы (а по-другому сказать – нелепицы), то, естественно, возникает большое количество противоречий. А как разрешить эти противоречия?

Кто-то сказал однажды, что Россия – страна загадочная. И теперь пошло-поехало. Как что непонятно про Россию, так сразу – загадочная страна.

Году в 75-ом случилось мне быть в командировке. Зашел утром позавтракать в гостиничное кафе. А рядом за соседний столик сел какой-то иностранец с (разумеется) сопровождающим его лицом. Принесли им кофе. А я сижу и наблюдаю. Наблюдаю я потому, что кофе этот я уже попробовал. Это была какая-то бурда из цикория. И мне было интересно, как же иностранец на эту бурду прореагирует.

И вот иностранец хлебнул этот кофе. Ну и глаза у него сразу круглыми стали. И говорит он своему приятелю по-русски: «Россия – страна загадочная».

В якобы мощной супердержаве нельзя было купить ничего, включая спички, мыло, хлеб, соль. Какое можно дать объяснение этому факту? Никакого разумного объяснения не получается. Поэтому и говорят: «А это потому, что Россия – страна загадочная…» К этому иногда ни с того, ни с сего добавляют: «…и еще вследствие загадочного русского характера».

Заканчивая перечисление мифов о советской России, хочу отметить следующее. Живучесть этих мифов стала, по-видимому, одной из причин того, что социалистические идеи не были дискредитированы в глазах большинства людей после провала социалистического эксперимента в России. Так же, как и более давняя история, новейшая история ничему не научила людей.

Впрочем, та же история учит нас, что история никого ничему не учит. Так что тот факт, что история никого ничему не учит, не должен никого удивлять.

Есть еще одна причина популярности идей социализма. На свете существует великое множество людей, которые пропагандируют эти идеи. Я имею в виду философов разных периодов и течений. Они убеждают народ в том, что идеи социализма – справедливы, привлекательны и плодотворны.

Сразу же хочу оговориться здесь: я категорически не согласен с бытующим мнением о том, что философы способны нести только одну полуосознанную ахинею. Хотя, честно говоря, меня всегда удивлял этот род занятий, если говорить о философии в русском значении этого слова. Ну, древним философам простительно. Им надо было себя чем-то занять. И простительно им было иметь наивные мысли. Они не знали того, что знаем мы, и жили в относительной изоляции. А вот что такое современный философ, я не знаю. И я иногда думаю, неужели сегодня найдутся такие люди, которые могут сказать: «Я – философ»? То есть, я, конечно, допускаю, что в разговоре кто-то может сказать мечтательно: «Я, знаете ли, – философ». Но вот чтобы, скажем, при знакомстве на вопрос «что вы делаете?» человек ответил «я – философ», вот такого я себе представить не могу. Хотя на самом-то деле мне трудно представить себе не тех, кто философствует, а тех, кто стал бы платить им за это деньги. Так что, я думаю, тем, кто еще хочет оставить в философии свой след, приходится сейчас делать это, как правило, в свободное от основных занятий время. Это значительно уменьшает плотность философов в среде остального народа. И я надеюсь, что это также стало относиться и к России, где этот род деятельности скомпрометировал себя в наибольшей степени.

Одним из положительных сдвигов в современной философии является то, что философы наконец-то решили оставить в покое математику. И от физики вроде бы тоже начали отходить. А то получалась какая-то смешная ситуация. Когда тот, кто хорошо знал физику, начинал объяснять себе и другим, как устроен мир, это называлось наукой. А когда тот, кто в школе получал тройки и четверки по физике, начинал решать физические проблемы, это называлось философией. Но теперь все меняется к лучшему. Столько раз уже попадали философы впросак с математикой и физикой, что сейчас стали гораздо осторожнее. И не только они, кстати. Теперь уже все знают, что есть вещи сложные (математика и физика, конечно, в их числе) и что в такие сложные дела без специальной подготовки лучше не лезть, а есть вещи и попроще. Это, безусловно, очень здорово, что люди стали задумываться над тем, что такое сложно и что такое просто. Беда заключается только в том, что к разряду простых вещей была причислена социальная сфера деятельности человека.

Сейчас уже вряд ли кто скажет: «Давайте к доказательству теоремы Ферма применим логарифмы. И синусы. Ну, чтобы они так, знаете, по касательной вверх и вниз, вверх и вниз». Такое, если и услышишь, то очень редко. А вот такие предложения как «давайте налогов брать меньше, а на социальные нужды тратить больше, чтобы все жили хорошо» – такое можно часто услышать.

Идеи такого типа, как я заметил, и к нам уже занесло. Еще хорошо, что наши социалисты не хотят людей сделать абсолютно счастливыми, а желают их просто немного осчастливить. И это, конечно, совсем другое дело.

А в Голливуде эта русская идея социалистов – экспроприировать деньги из банков – так понравилась, что теперь является просто-таки беспроигрышным сюжетом для фильмов. В них ограбленные всегда остаются в дураках, грабители – с деньгами, создатели фильмов – с почетными премиями.

А по поводу налогов и того, чтобы все жили хорошо, я вот что вспомнил. Звонит мне как-то один мой приятель и говорит:

– Ты знаешь, что такое среднестатистический, или, по-простому, средний человек?

– Нет, – отвечаю я.

– Это очень просто, – говорит мой приятель. – У среднего человека всего, чем он обладает, имеется больше, чем у половины всех людей и меньше, чем у другой половины. Вот смотри, до чего я додумался. Сколько бы мы ни пытались развивать умы, всегда половина всех людей будет глупее среднего человека. Сколько бы мы ни бросали средств на образование, всегда половина всех людей будет образована ниже среднего. Сколько бы мы не пытались перераспределить средств в пользу малоимущих, все равно половина всех людей будет беднее среднего человека.

– А если у всех будет всего поровну? – спрашиваю я.

А мой приятель мне и говорит:

– У всех может быть всего поровну только в одном единственном случае, когда ни у кого ничего нет.

Я, по некотором размышлении, согласился с такой точкой зрения. А по поводу равенства – на все сто процентов.

Над чем еще работают философы? Они изучают историю флагмана социализма – советской России. Они анализируют различные события. Они пытаются нащупать какие-то закономерности в развитии страны большевиков. И на основании открытых ими закономерностей они делают удивительные заключения.

По этому поводу могу заметить, что если подумать немного, можно догадаться, что в тоталитарной стране основной закономерностью является отсутствие всяких закономерностей.

Когда в моей недавно изданной книге «Бредовый суп» прозвучала впервые похожая мысль, то все отнеслись к ней недоверчиво. Но потом многие как-то быстро ее приняли. Однако же многие из тех, кто занимается историей Советов, все еще пытаются найти логику в тех нелепостях и противоречиях, которыми полна жизнь при большевиках. А некоторые даже дошли до того, что стали считать, что все эти нелепицы и противоречия были так специально задуманы. Для того чтобы, мол, легче было народом управлять. Поскольку, мол, все было непонятно, то каждый чувствовал себя виноватым. Он обязательно нарушал какой-то закон. Поэтому боялся вступать в конфликт с властями. И все это якобы было сделано так намеренно советскими лидерами.

Думать так – это все равно, что думать, что слон специально отрастил свой хобот, потому что ему удобно этим хоботом управлять. Ни о чем таком слон даже и не помышлял. И я не знаю, какие основания есть у людей приписывать большевицким лидерам такие большие способности. Я не понимаю, почему бы не считать их такими, какими они представляются нам по тому, что они говорят и что они делают. То есть бездарями и невеждами.

Мысль об отсутствии закономерностей в стране большевиков и очень близкая к ней мысль о том, что насильственное отклонение от законов природы приводит к театру абсурда, являются единственными, так сказать, философскими мыслями, которые, хоть и неявно, но присутствуют в моей книге. В этом заключается моя помощь тем, кто изучает историю советской России и имеет философский склад ума. Что вместе с развлекательной функцией, о которой я говорил в самом начале своего предисловия, дает мне основание считать мою книгу очень и очень полезной.

Первоначальное мое желание было охватить в книге весь период советской власти в России и все его, так сказать, сюжеты. Однако я заметил, что очень часто я сбивался на литературные темы. Возможно, это произошло по той причине, что я сам почти что литератор. А может быть потому, что советские правители часто давали повод для анекдотов, заигрывая с писателями и считая, что таким образом они смогут оказать на них большее влияние. Ну и, конечно, заодно они были бы не прочь прослыть людьми образованными или, по крайней мере, либеральными. Что им часто удавалось. Правда, только среди людей недалеких.

Я вполне допускаю, что кому-то может показаться, что я слишком свободно обращаюсь с различным фактическим материалом: названиями, именами, датами событий. Но я думаю, что жанр исторического анекдота предоставляет мне такие возможности.

Я не стремлюсь дать в моей книге точные названия большевицких организаций. Я считаю, что в этом нет никакой нужды. Для меня не важно, как точно он назывался, этот комитет: Государственный коммунистический комитет безопасности или Государственный комитет коммунистической безопасности. И не важно, когда он был образован, в семнадцатом году или намного позже. И была ли письменная его инструкция по какому-то определенному вопросу или это были устные наставления. Мне не хочется вспоминать, на каких должностях служили у большевиков Троцкий и Бухарин, какие фамилии они первоначально носили и кого из них звали Львом Абрамовичем. Для моего изложения это не имеет абсолютно никакого значения. И мой читатель, и предполагаемые критики должны, как я надеюсь, это принять.

Книга моя еще не вышла в свет, а меня уже потихоньку стали поругивать за резко отрицательное отношение к России. Но всякий раз, когда я пытался уточнить, о какой России идет речь, ничего хорошего из этого не получалось. На самом же деле я всегда с большим уважением относился к России добольшевицкой. И вот в знак этого и в память о ней в начале каждой главы я решил поместить по одному рисунку архитектурных сооружений старой России. (Сооружения эти, как и многое другое хорошее, были большевиками уничтожены.)

Ну а к большевицкой России трудно относится с уважением. Слишком много преступлений против человечества за ней числится. В том числе следующие два: она убила много миллионов людей и она искалечила души всех живущих на ее земле.

Мой школьный товарищ из Москвы заметил мне: «Но ведь можно было бы вспомнить и о каких-то новаторствах в советской России. Почему у тебя о них ничего нет?» И я ему ответил, что я согласен с тем, что были новаторства в советской России. Например, есть нечто определенно новое, что советская Россия подарила человечеству. Это – троекратное целование в губы при встречах на высшем уровне. И у меня поначалу было что-то об этом в моей книге. Но потом я решил этот кусок выбросить. Не то чтобы я думал, что в этом есть что-то плохое. Просто мне никто не верил, что такое было на самом деле. Все считали это чистейшим вымыслом. А это, знаете, очень опасно – иметь в своей книге много материала хоть и правдивого, но для многих сомнительного. Ну а поскольку у меня уже набралось достаточно такого, то я и решил кое-что исключить. Но все равно, я думаю, мои исторические анекдоты кое-кому могут показаться совершенно нереалистичными, даже несмотря на то что все они основаны на событиях вполне реальных. Правда, с чисто формальной точки зрения они иногда допускают описание невероятных, а иногда и просто невозможных явлений. И все-таки я не перестаю удивляться той степени недоверия, которое иногда высказывается по поводу моих анекдотов. Вот вам пример. В моих анекдотах Гитлер может запросто встретиться с Риббентропом. И все это – несмотря на то что Гитлер родился задолго до того, как Риббентроп умер. Факт, кстати, широко известный, но почему-то часто вызывающий удивление публики. Когда я рассказывал все это недавно на каком-то литературном собрании, один из слушателей стал меня очень въедливо допрашивать, серьезно ли я считаю, что Гитлер родился задолго до того, как Риббентроп умер. И когда я стал убеждать его, что я не шучу, он сказал, что я, наверное, просто сошел с ума. Потому что всем, мол, известно, что Гитлер с Риббентропом были современниками. И Риббентроп был, мол, даже правой или, там, левой рукой Гитлера. И так он сильно меня припирал к стенке своими доводами, что мне даже пришлось в какой-то момент пойти на компромисс, и я предложил ему считать, что мы оба правы. Но он ни в какую с этим не соглашался. И мне пришлось ему сказать, что нас рассудит история.

Немного о самом жанре исторического анекдота. В отличие от обычного анекдота, не предполагается, что он обязательно будет всякий раз вызывать смех. Скорее наоборот, чаще всего он наведет на грустные размышления. Однако должен сказать, что в некоторых моих анекдотах я немного подшучивал по поводу событий совсем печальных, если не сказать – трагических. Я понимаю, что кому-то это может не понравиться. И я прошу у таких людей прощения, если я как-то затронул их чувства. В свое оправдание могу сказать, что я пытался следовать русской традиции. Я жил с русским народом в самый трудный период его истории. В это время, вконец замордованный большевиками, он смог найти для себя отдушину – смеяться над своими горестями. И мне это всегда импонировало – этот смех сквозь слезы. А сейчас я только могу еще раз сказать, что следую здесь русской традиции. Это, кстати, единственное, что я заимствовал у русских. Не считая, конечно, их замечательного обычая пить теплую водку по утрам.

Я упоминаю много имен в своих анекдотах. И иногда может показаться, что я хочу кого-то обидеть. На самом деле я ни о ком не хочу сказать ничего плохого. Просто дело в том, что люди всегда отражают свое время. Я всегда так думал. Кстати, я долгое время считал, что это я придумал такой закон: в хорошей стране люди становятся хорошими, в обычной стране – обычными и в поганой стране – погаными. Оказалось, что независимо от меня и гораздо раньше этот закон придумал Михаил Зощенко. Ну и теперь мне приходится только говорить, что в этом отношении я с Михаилом Михайловичем полностью согласен.

Некоторые мои анекдоты требуют кое-каких операций с числами. Это может затруднить их понимание нетехнически мыслящему читателю. Но я думаю все-таки, что чуть-чуть природной смекалки или самой элементарной математики, скажем, на уровне второго курса мехмата любого российского университета будет вполне достаточно.

Немного о том, как критика на «Бредовый суп» повлияла на мою нынешнюю книгу. Дело в том, что меня часто упрекали в том, что я не давал переводов английских фраз, которые попадались в

«Бредовом супе». Дошло даже до того, что из-за этого меня стали обвинять в неуважении к читателю.

Что я могу сказать по этому поводу? Я понимаю, что все очень привыкли к этому пристрастию советской власти – давать переводы иностранных фраз. Однако я думаю, что я вправе был следовать и другой традиции. Кроме того, я считаю, что когда я не даю переводов, тогда-то я и выказываю мое глубокое уважение к читателю. Но раз уж меня критиковали все так упорно, то теперь я решил немного уступить моим критикам. И в этом издании все фразы на английском и немецком языках даны мною в примечаниях в русском, так сказать, звучании.

Наконец, самое последнее, что я хотел бы сказать. В текстах моих анекдотов хотя и редко, но встречаются бранные слова. Поэтому я предупреждаю, что это издание – для взрослых: читателю моего сборника должно быть не менее сорока пяти лет. Дополнительно к этому родительское разрешение и надзор были бы крайне желательны.

Слава Бродский
Миллбурн, Нью-Джерси
19 ноября 2007 г.

Глава первая

Они были пьяны от успеха и вина и думали, что победили. И сегодня им нужно было сделать еще что-то очень важное.

Главное партийное здание было атаковано. Однако все входы в него были закрыты. Толпе не оставалось ничего более, как разбить пару стекол в окнах. И кто-то нарисовал на фасаде «Аврору» со свастикой.

Толпа двинулась к Лубянке. Ненавистная фигура в центре площади привлекла всеобщее внимание. Сейчас же несколько смельчаков, подогретые винными парами, полезли накидывать веревки и стальные тросы на шею статуи. Стало ясно, что без хорошего крана не обойтись. Его искали по всей Москве, но никак не могли найти. В конце концов кран доставили из Американского посольства. После этого дела пошли быстрее, и статуя была повалена.

«Хунте хана, — скандировала толпа, — хунте хана!» Теперь победа казалась окончательной. Глаза всех были переполнены счастьем.

Судьба переворота решилась, как всегда, на нескольких улицах одного города.

Большевицкий
переворот

Старая Москва. Красные ворота

О Хрыще, Зимнем
и пьяных матросах

Прибегают как-то к Хрыщу пьяные революционные матросы и говорят:

– Ну что, будем сегодня Зимний брать?

– Нет, – сказал Хрыщ, – сегодня еще рано.

– Завтра, значит?

– Нет, завтра будет поздно.

– Так что же делать?

– Расстрелять, – сказал Хрыщ, – расстрелять всех к чертовой матери.

Прим. автора. Социалистические революции всегда порождают ситуации, которые обычным людям кажутся безвыходными. Но революционеры каждый раз непременно находят решение. Причем ситуаций всегда очень много, а решение – только одно. В этом вся соль анекдота.

О большевиках, меньшевиках и коммунистах

Сразу после взятия Зимнего Хрыщ созвал всех своих помощников, чтобы решить, как дальше жить. Спорили до утра. Меньшинство считало, что членских взносов надо платить как можно меньше, а большинство считало, что экспроприировать надо как можно больше. Так у российских коммунистов произошло деление на большевиков и меньшевиков.

Прим. автора. Конечно же, анекдот не соответствует исторической правде. Деление на большевиков и меньшевиков произошло у русских революционеров по другому поводу и раньше – когда их предводитель еще до революции возвращался в Россию из Германии на поезде. Он стал вводить всякие запрещения и ограничения. Курить и ходить в туалет разрешал только по талонам, которые выдавал сам. Своим любимчикам он давал два талона в туалет «по-большому» и один – «по-маленькому». А остальным – один талон «по-большому» и два – «по-маленькому». Те, которые получали два талона «по-большому», стали называться большевиками, а остальные – меньшевиками.

О Ломоносове, кулинарии и русском языке

В Великой российской книге разрешенных кулинарных рецептов первое блюдо было «Великий русский язык заливной имени Михаила Васильевича Ломоносова».

О Троцком, Анненкове и мировой революции

Как-то художник Анненков спросил у Троцкого, действительно ли он хочет, чтобы революция перекинулась на Европу.

– Конечно, – сказал Троцкий, – пусть люди и там живут счастливо.

– Значит, пусть и в Берлине, и в Париже будет, как вот сейчас здесь у нас? – спросил Анненков.

– Ты что, охренел? – сказал Троцкий.

О дураках, идиотах и Политическом бюро

Политическое бюро являлось самым главным органом власти большевиков. По уставу оно должно было содержать нечетное число членов и иметь сбалансированный во всех отношениях состав. Обычно оно включало девять человек – три дурака, четыре мерзавца, пять подлецов и шесть идиотов.

Прим. автора. Нечетное число членов в любом выборном или назначаемом собрании было краеугольным камнем большевицкого учения. Полагают, что это пошло от русского обычая распивать водку на троих. В работе Политического бюро принцип нечетности соблюдался во всем. Так, например, перед принятием каждого постановления выпивали по одной рюмке водки. После принятия – по три. Если кто зазевался и пропустил, должен был выпить пять штрафных рюмок.

О революции, экспроприации и приватизации

В Великой российской книге разрешенных иностранных слов было только два слова: социализм и экспроприация. По указу большевиков, за использование других иностранных слов полагался расстрел. В соответствии с инструкцией в момент расстрела те, кто расстреливал, и те, кого расстреливали, должны были воскликнуть: «Да здравствует революция! Ура!».

Прим. автора. Только после того, как указ и инструкция к нему были введены в практику, все осознали, что «революция» – тоже иностранное слово. В результате получалось так, что те, кто расстреливал, совершали преступление, и поэтому подлежали немедленному расстрелу. Многие считают, что только эта оплошность большевиков привела к такому катастрофическому концу и свела на нет все их благие начинания.

О помидорах, бушлатах и Политическом бюро

О заседаниях Политического бюро мало что известно. Все они проводились в обстановке исключительной секретности. Заседали по ночам, а протоколов не вели никогда. Но кое-какая информация о них все-таки иногда просачивалась.

Как-то, почти в самом начале заседания, все сильно напились и о работе уже не думали. И каждый старался подложить под задницу своему соседу спелую помидорину. И тут кто-то предложил: «Давайте наденем матросские бушлаты, выйдем на Красную площадь и станем сталкивать прохожих в Неву!»

Глава вторая

Каждый час в город прибывало около ста тысяч человек. Люди говорили на всех языках, но понимали друг друга с полуслова. Коверкая слова, все пытались хоть что-то сказать по-немецки, и никто не стеснялся своего акцента. Многие слушали радио. Одно слово повторялось вновь и вновь. Это слово было – Берлин.

Все были пьяны от счастья. Группа пожилых людей пыталась отбить молотком что-то от Стены на память. Солдаты стали снимать свою форму. Они хотели слиться с толпой. Западные и восточные полицейские обменивались своими фуражками. Все вдруг стали братьями.

Кто-то слушал запись пресс-конференции, которая состоялась в четверг в Овальном офисе:

– Для нас это величайшая победа в долгом сражении между Востоком и Западом. Но я не вижу признаков ликования на вашем лице, – допытывал кто-то Президента.

– I am not an emotional kind of guy,* – сказал Президент.

Построение
лагерей

Старая Москва. Триумфальная арка

О лагерях, эзоповом языке и праве переписки

В советской России вся лагерная жизнь обсуждалась эзоповым языком. Когда, например, говорили, что некто освобождается от занимаемой должности в связи с переходом на другую работу, то это означало, что человек идет в лагеря. А когда говорили, что человек получил срок в лагерях без права переписки, все понимали, что его должны были расстрелять.

Когда жена Хрыща погибла при невыясненных обстоятельствах, народ горько шутил, что Хрыщ развелся с ней без права переписки.

О Горьком, Белом море и канале

Великий пролетарский писатель Максим Горький, когда приехал на строительство Беломорского канала и увидел, как работают заключенные, заплакал от умиления. Заключенные, подходя к нему, снимали шапки, низко кланялись, целовали ему руку и, приветствуя его, говорили: «Архипелаг ГУЛАГ». А Горький, прощая им все, отвечал: «ГУЛАГ Архипелаг».

Прим. автора. Читатель может подумать, что здесь проводится параллель с известным эпизодом, когда Гиммлер упал в обморок при посещении концлагеря. Этот читатель будет, как всегда, прав. Хотя данный анекдот дается здесь в противовес этому эпизоду.

О душе, мыслях и одежде

Когда Л. Фейхтвангер, Г. Уэллс, А Барбюс и нобелевские лауреаты по литературе Р. Роллан, А. Франс и Б. Шоу впервые увидели на Лубянке Хрыща, они одновременно и независимо друг от друга записали в своих дневниках: «Милейший, кристально честный и справедливейший человек с лицом простого рабочего, душой святого, мыслями гения и одеждой генералиссимуса».

О Хрыще, Мандельштаме и Пастернаке

Звонит как-то Мандельштам Пастернаку и спрашивает:

– Что же ты, собака, не сказал Хрыщу, что я мастер?

А Пастернак не растерялся и говорит:

– А ты меня просил?

Прим. автора. Кремлевский вождь спросил у Пастернака о Мандельштаме: «Он – мастер?» По поводу ответа Пастернака имеется много версий. Все они очень отличаются друг от друга. Бытует мнение, что на эту тему написано больше диссертаций, чем о Пушкине и Гоголе, вместе взятых, и что во всех российских университетах функционируют кафедры, занимающиеся исключительно изучением упомянутого телефонного разговора. Однако это является явным преувеличением.

О присяге, Горбачеве и маленьком Хрыщенке

В советской России каждый день все должны были присягать на верность Хрыщу. Взрослый народ – перед портретом старого Хрыща, школьники – перед портретом молодого Хрыща, в детском саду – перед портретом совсем еще маленького Хрыщенка. Михаил Сергеевич Горбачев, когда ему было еще только четыре года, уже мог крикнуть громче, чем многие взрослые: «За лабочее дело и Хлыся слазаться готов!» Но при этом он сжимал в своем кулачке маленькую фигушку с маслом.

О писателях, Лубянке и принципиальной позиции

Вызвали как-то Л. Фейхтвангера, Г. Уэллса, А. Барбюса и нобелевских лауреатов по литературе Р. Роллана, А. Франса и Б. Шоу на Лубянку в Политическое бюро. Накормили их, напоили и говорят: «Хотим, чтобы каждый из вас написал правдивую книгу о нашей стране. Мы тут даже подготовили для вас кое-какой материал». Нобелевские лауреаты Р. Роллан, А. Франс и Б. Шоу полистали страницы, пошушукались и говорят: «Надо слова «государство будущего» заменить словами «великое государство будущего». Уэллс и Барбюс с ними сразу же согласились. А Фейхтвангер занял принципиальную позицию и отказался что-либо менять категорически и наотрез.

О Петрове, Ильфе
и Соединенных Штатах Америки

Ильф и Петров были в Соединенных Штатах в командировке от Государственного писательского комитета безопасности, по заданию которого они написали книгу об Америке. В своей книге они сообщали читателю, что никогда не видели на дорогах Америки раздавленных собак. Из этого они сделали вывод о том, что все собаки в Америке умные и что, кроме собак, умных в Америке нет.

О Хрыще, Бухарине
и его письме

Когда дела у Бухарина пошли совсем плохо, он написал Хрыщу покаянное письмо, в котором просил Хрыща его не казнить, а только объявить народу, будто его казнили. А его самого просил под чужой фамилией выслать за границу, где он обещал всю оставшуюся жизнь бороться против своего правого уклона.

Хрыщ приказал Бухарина расстрелять, но, по слухам, отнесся к его просьбе благосклонно.

О большевиках, меньшевиках и классовой борьбе

Большевики больше всего хотели, чтобы меньшевиков стало меньше. А меньшевики меньше всего хотели, чтобы большевиков стало больше. Вот почему классовая борьба в советской России все время обострялась.

Прим. автора. Анекдот будет казаться еще смешнее тем, кто помнит, что одна из главных книг по основам большевизма называется «Лучше больше, чем меньше».

О Хрыще, Калинине и его жене

Как-то Хрыщ посадил в тюрьму жену Калинина, президента страны. Калинин долго не знал, что ему делать. Потом набрался храбрости, пришел к Хрыщу и попросил его выпустить жену. «Чего вдруг?» – спросил Хрыщ. И Калинин не знал, что ему на это ответить.

О Бухарине, кулаках
и непьющих бедняках

Когда большевики решили, что настала пора сказать народу всю правду о Бухарине, они опубликовали книгу воспоминаний о нем. В ней убедительно показывалось, что Бухарин был искренне верен большевикам. Он с самого начала поддерживал идею вооруженного восстания, был за разгон Учредительного собрания. Являлся активным участником экспроприации частной и другой собственности. Не на жизнь, а на смерть боролся против левых уклонистов. В душе был за раскулачивание кулаков, подкулачников, середняков и непьющих бедняков. И вообще был абсолютно честным и кристально чистым человеком.

О Троцком, левом уклоне и ледорубе

Троцкий всю свою жизнь непримиримо боролся за свой левый уклон и справедливость против всех других уклонов и несправедливого к нему отношения. Он не изменил своим левым убеждениям до самого конца. И когда по приказу Хрыща его разрубили ледорубом на две половинки, оказалось, что обе половинки были левыми.

О Хрыще, принципах и правом деле

Как-то Хрыщ сказал своим сторонникам, что он человек принципов и за правое дело не пожалеет и родного брата. И вскоре после этого не пожалел родного брата Кагановича.

Глава третья

Двадцать восьмого апреля тела были доставлены в Милан. На следующий день шесть из них были подвешены за ноги к перекладине навеса автозаправочной станции *Esso*. Через некоторое время еще один человек был пойман и расстрелян на месте. И вскоре его труп был также подвешен вместе с первыми шестью.

Несколькими днями ранее партизаны блокировали дорогу, по которой двигалась колонна автомашин. В одной из них они обнаружили Дуче и легко опознали его, несмотря на то что он накинул поверх своей генеральской формы гражданскую одежду. На следующий день по приказу главы итальянских коммунистов Тольятти именем Национального освободительного комитета Муссолини и другие пленные были расстреляны. В их числе была спутница Дуче Клара Петаччи.

Ее юбка была привязана веревкой к ногам перед тем, как ее повесили вниз головой рядом со своим хозяином.

Война
с Германией

Старый Ярославль. Успенский собор

О Гитлере, Риббентропе и Черчилле

Встретились как-то Хрыщ, Гитлер и Риббентроп и договорились дружить и помогать друг другу. А Черчилль, который был очень умен и хитер, когда узнал об этом, сказал: «Как же нам повезло, что у России в годы суровых испытаний оказался такой великий полководец как Хрыщ».

О Хрыще, братьях и сестрах

Будят как-то рано утром Хрыща и говорят:

– Беда! Не успели мы на Гитлера напасть. Он сам сегодня на рассвете на нас напал.

– Мать твою, перемать! – сказал Хрыщ. – Братья и сестры мои!

Прим. автора. «Братья и сестры» – это из обращения к народу вождя Советов военного времени. «Мать, перемать» – из обращения к народу вождя периода либерализации.

О Хрыще, Эйнштейне и атомной бомбе

Альберт Эйнштейн – величайший из умов современности – считал войну самым неправильным на свете делом. Поэтому, приехав в Америку, он послал письмо Рузвельту, убеждая его начать разработку атомного оружия для бомбардировок Германии. Позднее он снискал за это любовь и уважение Хрыща, который распорядился сделать изменение в Великой российской книге запрещенных наук и искусств. «Учение Альберта Эйнштейна утверждаю», – написал он на полях книги.

О Черчилле, Хрыще и мире на Земле

Пожаловались как-то Черчиллю в парламенте, что Россия препятствует пролетам английских самолетов с помощью восставшим против Гитлера полякам.

– Не беспокойтесь, я все улажу. Хрыщ – мой личный друг и боевой товарищ, – сказал Черчилль и послал письмо Хрыщу.

Ответ был скор. Хрыщ заверял Черчилля в искренней дружбе и обещал ему беспощадно бороться со всякого рода агрессорами и врагами трудового народа во имя мира и счастья на Земле.

– Что ты нам принес? – спросили Черчилля, когда он появился в парламенте с ответом Хрыща.

– Я принес вам мир, – сказал Черчилль, который был очень умен и хитер. – И счастье на Земле на все времена.

О войне, Красной армии и большевиках

Красная армия большевиков в самом начале сражения с немцами во второй мировой войне несла большие потери и отступала, но постепенно она перехватила инициативу и, продолжая нести большие потери, перешла в наступление и дошла до Берлина, несмотря на многократное превосходство в живой силе и технике.

Прим. автора. Некоторые историки считают, что военные неудачи русских в первый период войны с немцами произошли потому, что весь командный состав Красной армии был перед войной истреблен в лагерях. Это абсолютно не соответствует исторической правде. Очень многие из советских командиров были выпущены из лагерей еще перед войной и умерли от расстрела уже во время войны.

О войне, пленных немцах и находчивости

В самом конце войны с немцами Хрыщ разослал приказ по всем частям о корректном отношении к пленным, поскольку от союзников было много нареканий по этому поводу. И сразу после этого он узнал, что один из его генералов расстрелял большую группу пленных немцев. Когда Хрыщ вызвал его к себе и спросил, почему он так сделал, генерал ответил: «А куда я их дену?» Хрыщ сначала было рассердился, но потом рассмеялся и велел наградить генерала за находчивый ответ.

О пленных немцах, гуманности и трибунале

По окончании войны Черчилль, Рузвельт и Хрыщ стали думать, что им делать с немецкими военнопленными высших чинов. Черчилль, который был очень умен и хитер, предлагал их казнить на месте. Рузвельт был с ним согласен. А Хрыщ категорически возражал, говоря, что большевики никогда не казнят без суда. В результате длительной дискуссии было принято более гуманное предложение Хрыща: сначала судить немцев в трибунале, а потом повесить всех до единого.

Прим. автора. В этом анекдоте я немного отклонился от исторической правды. На самом деле Рузвельт был очень изобретателен и предлагал на все времена запретить немцам ходить строем и распевать песни. Однако из-за своей болезни не смог на этом настоять.

Глава четвертая

Танки уже были в самом сердце столицы. И толпы людей приветствовали их. Все внимание было приковано к огромной статуе на центральной площади. Группа иракцев пыталась свалить ее. Кто-то уже затягивал петлю вокруг шеи статуи. Кто-то громил кувалдой мраморное основание. Но первая попытка не привела к успеху. На помощь пришли американские военные. С помощью бронеавтомобиля статую удалось все-таки повалить на землю. И в ту же секунду люди ринулись вперед и стали плясать вокруг нее и пинать ее ногами.

Отделили голову, обмотали ее цепями и поволокли по улицам Багдада. Какой-то мальчик снял с ноги ботинок и стал бить им по голове статуи. Он все время оглядывался на окружавших его людей и, казалось, не мог поверить в происходящее.

Всего несколько недель назад многие думали, что эта война должна была затянуться на долгие месяцы и даже годы. Теперь она внезапно закончилась.

Восстановление лагерей

Старая Москва. Ильинские ворота

О незнакомцах, Эренбурге и его трубке

К Эренбургу иногда приходили со всякими просьбами незнакомые ему люди. Илья Григорьевич всегда встречал посетителя в прихожей, закуривал трубку и, прищуриваясь, пытливо спрашивал: «Вы из Совинформбюро?»

Прим. автора. И.Эренбург – советский писатель и поэт. Автор печально известной серии прокламаций военного времени под общим названием «Убей немца». Считается, что он был косвенным виновником зверств советских солдат на оккупированных германских территориях. Слухи же о том, что он первоначально был включен в число военных преступников на Нюрнбергском процессе, а затем был вычеркнут оттуда по требованию советской стороны, не соответствуют исторической правде.

О Берлине, Ахматовой
и «Дон Жуане» Байрона

Исайя Берлин навестил как-то Анну Ахматову. И та прочитала ему две песни из «Дон Жуана» Байрона на английском языке, а потом несколько своих стихотворений. И Берлин впоследствии написал, что Ахматова читала ему свои стихи. И что, хотя он неплохо знает русский, смысл прочитанного остался для него неясен. Но по интонации и всему остальному он почувствовал, что стихи, которые Ахматова ему прочитала, особенно первые два, гениальны.

Прим. автора. Соль этого анекдота в том, что фамилия Исайи Берлина произносится с ударением на первом слоге.

О мясе, молоке
и математике

Прибегают как-то к Хрыщу и говорят, что к концу года запланировано увеличить на столько-то процентов производство мяса и молока на душу населения. А пока получается гораздо меньше. «Расстреливать нужно больше душ населения», – сказал Хрыщ. И все дивились такому ответу.

О Хрыще, искусстве и искусствоведении

На торжественном заседании по случаю образования Государственного искусствоведческого комитета безопасности Хрыща спросили, какой вид искусства он считает самым главным. На это он ответил: «Для нас сейчас самым главным искусством является телевизор».

Прим. автора. Перифраз известного высказывания одного из вождей Советов: «Для нас сейчас важнейшим искусством является попасть в кино».

О Набокове, Маккарти
и Якобсоне

Когда Набоков уже работал в Корнельском университете, он прицепил себе на пиджак значок сенатора Маккарти. И либерально настроенные студенты и профессора университета, а также артисты Голливуда перестали с ним здороваться. А лингвист Якобсон, который всегда очень завидовал Набокову, сказал: «Ай да Набоков. Ай да сукин сын».

Прим. автора. Правдивая история за исключением последней фразы. На самом деле она принадлежит Пушкину. А лингвист Якобсон, как хорошо известно, сказал про Владимира Владимировича: «Скорее слон пролезет в угольное ушко, чем Набоков на кафедру Гарварда».

О Хачатуряне, саблях
и лошадях

Вызывают как-то композитора Хачатуряна на Лубянку, в Политическое бюро, и говорят:

– Видели мы недавно твой танец с саблями. Понравился. Но хотим мы, чтобы он был, значит, на лошадях.

А Хачатурян и отвечает:

– Не извольте беспокоиться. Сегодня же внесу изменения в партитуру.

О Пастернаке, Чуковской и картошке

Как-то Лидия Корнеевна Чуковская приехала в Переделкино навестить своего отца – Корнея Ивановича Чуковского. Она долго искала его дачу, но не могла найти. И тут она наткнулась на Пастернака, который голый сверху по пояс сажал на своем огороде картошку. Когда Лидия Корнеевна спросила у него, как ей найти дачу Корнея Ивановича, Борис Леонидович исчез на минуту в доме, потом вышел уже в рубашке и показал, как найти Корнея Ивановича. А потом спросил с присущей ему любовью к исторической правде: «А вы, наверное, Лидия Корнеевна будете?»

Прим. автора. Как известно, Пастернак сажал у себя в огороде картошку в пику Лиле Брик и ее манере насаждать в стране Маяковского.

Глава пятая

Тела завернули в одеяла и потащили по лестнице наверх. Их вынесли в сад рейхс-канцелярии и положили рядом с большой воронкой неподалеку от входа в бункер. Адъютант, который доставил канистры с бензином, разровнял наспех землю лопатой. Тела стащили к центру воронки, облили бензином и подожгли.

Кто-то вскинул правую руку, но тут же опустил ее. Все хранили скорбные лица, но испытывали явное облег-чение. У всех были свои воспоминания о прошлом и о том, что связывало их с хозяином. У каждого были и свои планы на ближайшее будущее.

Прощание не было долгим. Никто не стал ждать, пока огонь погаснет. Надо было торопиться.

В это время в общей столовой рейхсканцелярии играла веселая музыка. Но настроение у всех офицеров было мрачное. Один из них только что вернулся из сада. «Der Herr brennt,* — сказал он своему товарищу. — Пора сматываться».

Либерализация
и оттепелизация

Старый Петербург. Церковь «Всех скорбящих Радосте»

О науке, искусстве и либерализации

Как-то Хрыщ по пьяной лавочке пообещал одной даме, что не будет больше притеснять художников и называть их пидарасами и сам скоро начнет рисовать абстрактные картины. Проснувшись на следующее утро, он приказал упразднить Великую российскую книгу запрещенных наук и искусств и завести вместо нее Великую российскую книгу разрешенных наук и искусств. С этого начался процесс либерализации в советской России, ставший известным под названием «оттепелизация».

О Пастернаке, Хрыще и партии

Вызывает как-то Хрыщ к себе Пастернака и спрашивает:

– Что же ты, подлец, линию партии плохо гнешь?

А Пастернак испугался и говорит:

– Вы, наверное, Ваше превосходительство, имели в виду, что я ее плохо поддерживаю?

Хрыщ подумал-подумал и согласился.

О холодильнике, пиве и боеприпасах

Однажды пили водку у Хрыща на заседании военного совета. Когда все было выпито, стали искать еще, но ничего не могли найти, пока кто-то не догадался открыть холодильник, по счастью, забитый бутылками с пивом.

– Кто открыл холодильник? – спросил Хрыщ.

– Министр боеприпасов, Николай Петрович, – ответили ему.

– Молодец, – сказал Хрыщ. – Министра за открытие наградить.

Так, наряду с именами великих русских изобретателей электрической лампочки, радио, телевидения, паровоза и стиральной машины, в историю вошло имя великого русского ученого, открывателя холодильника, Николая Петровича Боеприпасова.

О Хрыще, его работниках и дружеских приветствиях

Когда к Хрыщу вызывали какого-нибудь ответственного работника, Хрыщ, встречая его, спрашивал: «А вас разве еще не расстреляли?» В период оттепелизации он задавал более гуманный вопрос: «А вас разве еще не арестовали, товарищ?» – и хлопал ответственного работника дружески по плечу.

Прим. автора. Говорили, что эта шутка казалась очень смешной ответственным работникам. Возвращаясь домой, они продолжали смеяться над ней до колик в сердце.

О писателях, их дачах и поселке Переделкино

Заслуженным советским писателям выделяли дачи в Переделкине. А незаслуженным – не выделяли. И многие из незаслуженных, покуда старались их заслужить, дачи в Переделкине снимали. И тогда вроде бы получалось так, что и заслуженные, и незаслуженные были как бы одинаковы.

Поэтому заслуженные писатели, имеющие дачи в Переделкине, считали незаслуженных писателей, снимающих дачи в Переделкине, пошляками.

Прим. автора. Говорят, что Пастернак как-то назвал одного своего хорошего знакомого пошляком по причине, описанной в анекдоте. Говорят также, что его хороший знакомый ответил ему на это: «Борис, ты не прав».

О ссылках, обучении и пожеланиях трудящихся

В самый разгар оттепелизации было решено ввести обязательное всеобщее восьмилетнее обучение вместо обязательного семилетнего. С учетом многочисленных пожеланий трудящихся одновременно был уменьшен срок ссылки с восьми лет до семи за уклонение от обязательного обучения.

О Пастернаке, его романе и Хрыще

Как-то Хрыщ признался, что поначалу ему понравился роман Пастернака «Доктор Живаго», хотя он его и не читал, но он изменил свое мнение после того, как его помощники (которые роман не читали) организовали разгромные выступления рабочих и служащих (которые роман тоже не читали) только из-за неожиданного присуждения Пастернаку премии Нобелевским комитетом, члены которого роман не читали и вынесли свое решение, руководствуясь мнением советских диссидентов, которым роман не понравился, но которые отзывались о нем восторженно в пику официальной советской прессе.

О писателях, литературном фонде и Пастернаке

Незадолго до смерти Пастернака большевики перевели его из своего союза писателей в союз литературного фонда. И когда Пастернак умер, большевики объявили, что умер член их литературного фонда. И литературная общественность России была очень возмущена этим.

Прим. автора. Меня иногда спрашивают, что смешного в этом анекдоте. Многие помнят, что действительно литературная общественность была очень возмущена описываемым в анекдоте обстоятельством. Но почему она была возмущена, не помнит никто. В этом-то и вся соль анекдота.

О Хрыще, Пестеле и пестицизме

Хрыщ очень любил выпить. И когда напивался, нес всякую околесицу. Как-то в Кремле, на банкете по случаю 170-летия со дня рождения Пестеля, он сказал: «Истинно провозглашаю вам – нынешнее поколение людей будет жить при пестицизме».

Глава шестая

Четырехмоторный бомбардировщик B-1 только что закончил заправку топливом после завершения бомбовой атаки, продолжавшейся десять с половиной часов, по двум целям, одной — в западном Ираке и другой — чуть севернее Багдада. В это время команда получила координаты новой цели в центральной части Багдада с указанием чрезвычайной важности. Через двенадцать минут на цель были сброшены две управляемые бомбы GBU-31 глубокого проникновения весом две тысячи фунтов каждая. И через три секунды — еще две бомбы с 25-миллисекундной задержкой взрывателя.

Никто из команды не знал точно, кто был там, в ресторане. Но все понимали, что это очень важно.

— В это время я думал только об одном, — сказал лейтенант-полковник военно-воздушных сил Фред Свэн. — Well, you know, this could be the big one. Let's make sure we get it right.*

— Это большая честь, — добавил пилот Крис Вочтер. — На нашем месте любой парень из нашей эскадрильи поступил бы так же. Нам просто повезло.

Социализм
и застоизм

Старая Москва. Сухарева башня

О Бродском, Хрыще и Боге

Вызвал как-то Хрыщ к себе Иосифа Бродского и спрашивает:

– Почему ты думаешь, что твои стихи всем нравятся? Откуда это у тебя?

– Это, Хрыщ, от Бога, – ответил Бродский.

И это было гениально.

О Хрыще, его дочери и 60 миллионах

Дочь Хрыща считала, что ее отец не виноват в репрессиях. В своих письмах к друзьям и подругам она убедительно показала, что из 60 миллионов убитых в советской России в 20 миллионах случаев виноваты были те, которые оговорили обвиняемых. В других 20 миллионах случаев виноваты были обвиняемые, которые оговорили сами себя. А в оставшихся 20 миллионах случаев оговорен был ее отец, которому об этих случаях вообще ничего не было известно.

О правых, левых и Нобелевской премии

Хрыщ много времени уделял теоретическим вопросам репрессий и лагерной системы в стране. В самой главной своей работе он научно доказал, что даже самые правые среди всех левых уклонистов были левее самого левого среди всех правых уклонистов. Также он доказал, что даже самые левые среди всех правых уклонистов были правее самого правого среди всех левых уклонистов.

За это научное открытие Хрыщу было присвоено звание академика сразу в двух областях: по математике в области математической логики и по истории в области теории уклонизма. За это же исследование он был награжден золотой медалью «За мир и дружбу между народами» и представлен к присуждению ему Нобелевской премии мира.

Прим. автора. Из лидеров Советов и дружественных им режимов Нобелевскую премию мира получили только Михаил Сергеевич Горбачев и Арафат. Многие считают, что Гитлер, Молотов и Риббентроп получили Нобелевскую премию мира в 1939 году. Но это является заблуждением. Нобелевская премия мира в 1939 году вообще не присуждалась.

О Вигдоровой, Бродском
и русской поэзии

Ястреб русской поэзии, лауреат Нобелевской премии по литературе Иосиф Бродский всегда очень нервничал, когда кто-то говорил, что он стал известен благодаря Фриде Вигдоровой и ее стенограмме судебного заседания. И когда кто-то вспоминал о Фриде Абрамовне, Бродский хмурился и говорил: «Это не играет значения». И все с ним соглашались.

Прим. автора. Иногда тот, кого считают гением, говорит то, что представляется неправильным. Люди относятся к этому по-разному. Одни считают, что тот, кто это сказал, не совсем уж и гений. А другие считают, что то, что было сказано, не совсем уж и неправильно. Вот почему этот анекдот получился особенно анекдотичным.

О Шостаковиче, Ростроповиче и нотной бумаге

У советских музыкантов всегда были большие проблемы с нотной бумагой. И они, благо жили в одном подъезде, все время ходили клянчить ее друг у друга. Вот приходит однажды Шостакович к Ростроповичу и говорит:

– Нельзя ли у тебя, Славик, нотной бумажкой разжиться?

А Ростропович, который всегда был остер на язык, ему и отвечает:

– Тебе помять?

О докторах, кандидатах и законах природы

Все советские ученые должны были сдавать экзамен по большевицкому учению. Кандидаты наук сдавали научный минимум, а доктора – научный максимум.

На экзамене научного минимума кандидатам задавался вопрос: «Какой основной закон природы?» И они должны были ответить: «Это – как бы спираль».

А докторов на экзамене научного максимума спрашивали: «В чем смысл противоположностей?» И они должны были ответить: «Вот, скажем, тело движется, но не всегда».

О студентах, профессорах и Голливуде

Как-то либерально настроенные студенты и профессора американских университетов, а также артисты Голливуда послали Хрыщу приветствие по случаю его дня рождения. Когда приветствие зачитали Хрыщу, он спросил:

– Правда ли, что все фильмы в Америке делаются в Хуливуде?

– Правда, – ответили ему.

– Совсем распоясались, – сказал Хрыщ.

О Бродском, его друзьях и гениальности

Сергей Довлатов, Анатолий Найман и Евгений Рейн очень дружили с Иосифом Бродским. И несмотря ни на что считали его гением.

О посольстве, теннисе и партийном бюро

Все большевицкие организации за пределами советского блока функционировали, как правило, нелегально под видом каких-нибудь спортивных клубов. А чтобы все это не перепутать со спортивными делами, разработали систему сигналов. Если, например, кто-то говорил «давай сегодня поиграем в теннис» и подмигивал, то это означало вызов в партийное бюро.

Сложнее обстояло дело, если разговор происходил по телефону. Тогда невидимое подмигивание заменялось репликой: «Это не телефонный разговор».

Прим. автора. В советской России часто при телефонном разговоре люди говорили: «Это не телефонный разговор». Почему советские люди произносили эти явно неправдивые слова, неизвестно. По-видимому, это навсегда останется загадкой.

О ветеринарах, Хрыще и бурных аплодисментах

В своих выступлениях Хрыщ очень часто путал и коверкал слова. Сохранилась неоткорректированная стенограмма одного из его выступлений:

– У нас в сране... (бурные, продолжительные аплодисменты) ...у нас в сране... (бурные, долго не смолкающие аплодисменты) ...у нас в сране ветеринары войны пользуются особым почетом и уважением (бурные, продолжительные, долго не смолкающие аплодисменты, переходящие в овацию, все встают).

О вождях, загранице и Саратове

Всем советским вождям очень нравилось, когда о них говорили, что живут они скромно. И они сами не уставали говорить по всякому случаю, что они носят простую одежду и едят простую пищу.

Хрыщ, привозя своим домашним что-то из-за границы, обязательно приговаривал: «А это из Саратова, это из Саратова». Домашние же, конечно, понимали, что он врет, но не показывали вида и, подыгрывая ему, говорили «Ну и хрен с ним, ну и хрен с ним».

Глава седьмая

Шансы защитников президентского дворца на успех таяли с каждой минутой. Еще утром, сразу после первой декларации путчистов, самоходки карабинеров покинули свои позиции. Вскоре к дворцу подошли танки и начали его обстрел. Еще до полудня их поддержали самолеты. Их ракетные атаки положили конец всем сомнениям в том, что армия и воздушные силы действуют вместе с восставшими. К часу дня почти все защитники дворца покинули его. Кто — по приказу Президента, кто — по своему разумению.

Тысячедневный период демократии, приведший страну к экономическому краху и поставивший ее на грань гражданской войны, заканчивался.

Первый этаж дворца был уже в руках восставших. И в это время Президент отдал приказ о сдаче. Последние его защитники направились к выходу, а он вернулся в одну из комнат второго этажа, сел на стул, зажал между колен свой автомат и упер его ствол в подбородок.

Когда он нажал на спусковой крючок, тело его вздрогнуло и верхняя часть черепной коробки взлетела к потолку.

Перестроизм
и стабилизм

Старая Москва. Храм Христа Спасителя

О мыле, спичках и гвоздях

Государственный демократический комитет безопасности недавно опубликовал новые данные о похищенных и утерянных секретах. С начала двадцатых годов и вплоть до конца войны с немцами большевики похитили в различных странах огромное количество секретов. А потом они начали всё терять. И к началу девяностых годов потеряли почти что всё. Последними были утеряны в 1991 году секреты изготовления мыла, спичек и гвоздей.

О хорошем, плохом
и очень плохом

Большевики никогда не хотели, чтобы всем было плохо. Они хотели только, чтобы тем, кому было хорошо, стало плохо, а тем, кому было плохо, стало хорошо. Но в результате у них получилось так, что тем, кому было хорошо, стало совсем плохо, а тем, кому было плохо, хорошо не стало.

После этого они переименовали себя в демократов.

О евреях, Солженицыне и Бродском

Из всех евреев, пишущих стихи, Солженицын не любил одного только Иосифа Бродского. «В талант его возневерую, – говорил Александр Исаевич, – а стихи его – фуйня».

О Пушкине, Арине Родионовне и Музее славы

В Музее славы Государственного демократического комитета безопасности на самом видном месте выставлена книга русских народных сказок с надписью: «Дорогому Хрыщу на добрую и долгую память от Арины Родионовны – няни великого русского революционера, поэта и прозаика Александра Сергеевича Пушкина».

Прим. автора. Вследствие одного неосторожного высказывания Лили Юрьевны Брик почти вся Россия считала, что Александр Сергеевич Пушкин был женат на Арине Родионовне Матвеевой. Это является совершеннейшим недоразумением. Арина Родионовна была няней поэта.

О Высоцком, писателях и их союзе

Как-то на заседании Государственного искусствоведческого комитета безопасности кто-то упомянул о вине российского государства перед своими деятелями искусств. На что Хрыщ заявил, что после окончания процесса реабилитации, принятия решений о восстановлении уничтоженных произведений искусств и архитектурных сооружений и отмены известного постановления 1946 года до недавнего времени оставалась только одна вина перед Владимиром Высоцким. Хрыщ также добавил, что совсем недавно Высоцкий был принят посмертно в ряды Союза писателей, поэтому никакой вины у российского государства перед своими деятелями искусств больше не осталось.

О Бродском, летчиках и пуэрториканцах

У Иосифа Бродского в жизни было три больших желания, ни одному из которых не суждено было сбыться: стать военным летчиком, помереть на Васильевском острове и набить морду пуэрториканцу.

Прим. автора. Здесь я прошу прощения у поклонников Иосифа Бродского. Возможно, я не очень справедлив к нему. Возможно, его негативное высказывание о пуэрториканцах вызвано не его расизмом, а личными убеждениями и оригинальным пониманием ситуации.

О политиках, ученых и великих державах

Проведенный недавно в России опрос общественного мнения показал, что 98% всего населения считает, что Хрыщ был величайшим политическим деятелем всех времен и народов. Величайшим ученым всех времен и народов его считает только 91% населения. Относительно соотношения сил на мировой арене мнения разделились поровну. Половина населения считает, что Россия является в два раза более великой державой, чем Соединенные Штаты Америки, а другая половина считает, что только в полтора.

О Буше, Хусейне и российских диссидентах

Бывшие российские диссиденты, проживающие на территории Америки, обратились к президенту Джорджу Дабл-Ю Бушу с письмом, в котором они решительно заявили, что внутреннюю и внешнюю политику его они не поддерживают и не одобряют. Требовали убрать руки прочь от Ирака, освободить прогрессивного деятеля иракского народа Саддама Хусейна и выпустить невинных узников из психушек Гуантанамы. Письмо также подписали многие профессора и студенты американских университетов, а также артисты Голливуда.

О школьниках, эссе и экономическом крахе

Российские школьники недавно писали эссе на тему «Когда в США наступит полный экономический крах?» Двадцать процентов школьников написали, что это случится в течение ближайших двух лет. Еще двадцать процентов писавших посчитали, что это произойдет в текущем году. И оставшиеся шестьдесят процентов утверждали, что полный экономический крах в США уже наступил.

Прим. автора. Для тех, кто не очень хорошо знаком с процентами: шестьдесят процентов – это более половины от общего количества.

О науке, технике и приватизаторах

Государственный комитет безопасности по науке и технике России объявил об учреждении новых званий. Звание «Приватизатор России» присваивается лицам, значительно отличившимся в приватизации материальных ценностей. Звание «Заслуженный приватизатор России» присваивается за приватизацию ценностей с применением технических средств. Звание «Народный приватизатор России» присваивается за приватизацию ценностей в особо крупных размерах.

О Хрыще, кухарке и управлении государством

Хрыщ никогда не уставал повторять, что любая кухарка может управлять государством. Он перестал об этом говорить, когда испугался, что ему могут в этом поверить.

Пояснения к фразам
на иностранных языках

Стр. 59.

«I am not an emotional kind of guy». Это – фраза на американском английском языке. Ее русское звучание: «Ай эм нат эн имошанал кайнд ов гай».

Стр. 101.

«Der Herr brennt». Это – короткая фраза на немецком языке. Ее русское звучание: «Дэр хер брэнт».

Стр. 115.

«Well, you know, this could be the big one. Let's make sure we get it right». Это – две фразы на американском английском языке. Их русское звучание: «Вэл, ю ноу, дыс куд би за биг вуан. Лэтс мэйк щёр ви гет ыт райт».

Подписи к рисункам

Глава 1, стр. 49.

Старая Москва. Красные ворота

Ворота, построенные из дерева в 1709 году в честь победы над шведами, были первой триумфальной аркой в России. Они несколько раз горели во время пожаров и строились вновь. В 1753 году была построена каменная арка – архитектурный шедевр, очертаниями повторяющий первоначальные постройки. Слева от арки – церковь Трех Святителей (1699 г.). В 1928 году ворота и церковь были разрушены по решению коммунистических советов большевиков.

Глава 2, стр. 61.

Старая Москва. Триумфальная арка

Открыта 20 сентября 1834 года в ознаменование победоносного завершения Отечественной войны 1812 года на месте деревянной арки, сооруженной в 1814 году. В 1936 году Триумфальная арка была разрушена по решению коммунистических советов большевиков.

Глава 3, стр. 79.

Старый Ярославль. Успенский собор

Возведен в 1644 году на месте первого каменного храма Ярославля, построенного в 1215 году. Перестроен после пожара 1658 года. Рядом – колокольня высотой 55 метров. В соборе не раз бывали русские цари: от первого русского царя Михаила Романова до последнего российского императора Николая II. Собор взорван 26 августа 1937 года по решению коммунистических советов большевиков.

Глава 4, стр. 91.

Старая Москва. Ильинские ворота

Построены в 16 веке как ворота стены вокруг Китай-города. За воротами – церковь Никола Большой Крест (постройки 1680 года). Стена и церковь были разрушены по решению коммунистических советов большевиков в 30-е годы.

Глава 5, стр. 103.

Старый Петербург. Церковь во имя иконы «Всех скорбящих Радосте»

Шатровый храм с пятью куполами и колокольней построен в 1898 году и был одним из самых красивых и почитаемых в Петербурге. В 1932 году церковь была закрыта, а в 1933 году – взорвана по решению коммунистических советов большевиков.

Глава 6, стр. 117.

Старая Москва. Сухарева башня

Сооружена в Москве в 1695 году по инициативе Петра I как ворота Земляного города. Являлась самым крупным светским зданием в России. В июне 1934 года Башня была разрушена по решению коммунистических советов большевиков.

Глава 7, стр. 133.

Старая Москва. Храм Христа Спасителя

Построен в благодарность за помощь Всевышнего в борьбе русского народа с наполеоновским нашествием 1812 года. Работа над эскизами, проектирование и строительство Храма заняли семьдесят лет. Над его созданием трудились лучшие архитекторы, строители и художники того времени. В 1931 году главный Храм России был взорван по решению коммунистических советов большевиков.

Авторский, географический
и предметный указатель